AF542717

CATALOGUE
DES LIVRES
DU CITOYEN ***,

Dont la Vente se fera le 1er. Prairial an VII, & jours suivans, à cinq heures de relevée, dans l'une des Salles du Citoyen Sylvestre, rue des Bons-Enfans, n°. 12.

SE DISTRIBUE A PARIS,

Chez Guillaume De Bure l'aîné, Libraire de la Bibliothèque nationale, rue Serpente, N°. 6.

An VII.

AVIS.

Le Citoyen De Bure vient de mettre en vente un Ouvrage posthume de J. S. Bailly, auteur de l'histoire de l'Astronomie, intitulé : *Essai sur les Fables & sur leur Histoire*, 2 *vol. in*-8°. brochés; prix, 5 fr. & 7 fr. franc de port par la poste.

On trouve chez le même les Ouvrages suivans, du même Auteur :

Histoire de l'Astronomie ancienne, deuxième édition. *Paris*, 1781, *in*-4°. *rel.* 12 f.

— de l'Astronomie moderne, deuxième édition. *Paris*, 1785, 3 *vol. in*-4°. *rel.* 44 f.

On vend séparément le Tome III de cet Ouvrage, 10 f.

Traité de l'Astronomie Indienne & Orientale. *Paris*, 1787, *in*-4°.

Les 5 *vol. in*-4°. *reliés*, 70 f.

Lettres sur l'origine des Sciences, & sur celles des peuples de l'Asie, adressées à Voltaire. *Paris*, 1777, *in*-8°. *relié.* 3 f. 50 c.

— sur l'Atlantide de Platon, & sur l'ancienne histoire de l'Asie. *Paris*, 1779, *in*-8°. *rel.* 4 f. 50 c.

Discours & Mémoires contenant les éloges de Charles V, Corneille, Molière, Leibnitz, le Capitaine Cook & autres, &c. *Paris*, 1790, 2 *vol. in*-8°. *rel.* 11 f.

On a tiré de ces deux derniers volumes des exemplaires sur papier vélin, *br.* 15 f.

N° 1. Bibliothèque. C. L.

N° 9. Lettres à une princ. C. Decroix 6

CATALOGUE
DES LIVRES
DU CITOYEN ***

SCIENCES ET ARTS.

1. BIBLIOTHÈQUE des anciens Philoſophes, par Dacier. *Paris*, 1771, 5 *vol. in-12*, *baſ*.
2. Dictionnaire de Commerce, par Savary. *Paris*, 1748, 3 *vol. in-fol. v. f.*
3. Théorie & pratique du Commerce & de la Marine, par Uſtariz. *Paris*, 1753, *in-4°. v. f.*
4. Le parfait Négociant, par Savary. *Paris*, 1749, 2 *vol. in-4°. v. f.*
5. Recueil de différens Ouvrages ſur le Commerce & les Finances. 24 *vol. in-12*, *v. m.*
6. Eſſai ſur les Monnoies, par Dupré de Saint-Maur. *Paris*, 1746, *in-4°. v. f.*
7. La Banque rendue facile, par Giraudeau. *Genève*, 1756, *in-4°. v. m.*
8. Recherches ſur les Finances de France, par Forbonnais. *Baſle*, 1758, 2 *vol. in-4°. v. m.*
9. Lettres à une Princeſſe d'Allemagne ſur divers ſujets de Phyſique, &c., par L. Euler. *Berne*, 1778, 3 *vol. in-8°. baſ.*
10. Nouvelles Récréations phyſiques & mathématiques, par Guyot. *Paris*, 1772, 4 *vol. in-8°. v. m. fig. coloriées.*
11. Élémens d'Hiſtoire naturelle & de Chymie, par Fourcroy. *Paris*, 1791, 5 *vol. in-8°. br. fig.*

12. Dictionnaire d'Histoire naturelle, par Valmont de Bomare. *Paris*, 1775, 9 *vol. in*-8°. *v. m.*

13. Traité de la Culture des terres, par Duhamel du Monceau. *Paris*, 1753, *les* 2 *premiers vol. in*-12, *fig. v. f.*

14. L'art de faire éclore & d'élever des Oiseaux domestiques, par Reaumur. *Paris*, *Impr. Roy.* 1751, 2 *vol. in*-12, *v. m.*

15. L'Art de former les Jardins modernes, ou l'Art des Jardins Anglois. *Paris*, 1771, *in*-8°. *v. m.*

16. Élémens de Géométrie, & Traité de Navigation, de Bézout. *Paris*, 1781, 2 *vol. in*-8°. *br. fig.*

17. Tables de Logarithmes. *Paris*, 1781, *in*-8°. *v. m.*

18. Recueil des Plans, Coupes & Elévations de l'Hôtel-de-Ville de Rouen, par le Carpentier. *Paris*, 1758, *in-fol. v. m. fig.*

19. Grande Tactique Prussienne, & Manœuvres de guerre. *Paris*, 1780, *in*-4°. *v. m. fig.*

20. Traité de la Cavalerie, par Drummond de Melfort. *Paris*, 1776, *in-fol. br. en carton, fig.*

21. Campagnes du Maréchal de Maillebois. *Amst.* 1772, 10 *vol. in*-12, *v. m.*

22. Essai sur les Feux d'artifice pour le Spectacle & pour la Guerre, par P. d'O. *Paris*, 1745, *in*-8°. *v. f.*

23. Le Bombardier François, par Belidor. *Paris*, *Imprimerie Royale*, 1731, *in*-4°. *v. b.*

BELLES-LETTRES.

24. Dictionnaire comique, satyrique, &c., de le Roux. *Amst.* 1750, *in*-8°. *v. m.*

N° 14. l'art de faire eclore. C.L.

N° 32. Gresset. C. L.

N° 33. ~~Gresset. C. L.~~

25. Abrégé de la Langue Toſcanne, par Palomba. *Paris*, 1768, 3 *vol. in-8°. v. m.*

26. Eſſai ſur les éloges & ſur le caractère, les mœurs & l'eſprit des Femmes, par Thomas. *Paris*, 1772, 3 *vol. in-8°. v. m.*

27. Anacreon, Sapho, Bion & Moſchus, Héro & Leandre, trad. de Muſée, par Moutonnet de Clairfonds. *Paris*, 1780, *in-8°. m. bl.*

28. Œuvres de Marot. *Genève*, 1781, 2 *vol. in-18, mar. r.* = Œuvres choiſies de Madame & de Mademoiſelle Deshoulières. *Genève*, 1777, *in-18, mar. r.*

29. Œuvres de Boileau. *Paris*, 1766, 2 *vol. in-12, v. m.* = Œuvres de Madame & Mademoiſelle Deshoulières. *Paris*, 1753, 2 *vol. in-12, v. m.*

30. Œuvres de Chaulieu. *Paris*, 1774, 2 *vol. in-8°. baſ. éc.*

31. Œuvres de Chaulieu. *La Haye*, 1777, 2 *vol. in-18, mar. r.*

32. Œuvres de Greſſet. *Londres*, 1765, 2 *vol. in-12, v. m.* = L'Agriculture, poëme, par Roſſet. *Paris*, 1777, *in-8°. baſ.*

33. Œuvres de Greſſet. *Londres*, 1779, 2 *vol. in-18, mar. r.*

34. La Dunciade, poëme, par Paliſſot. *Londres*, 1773, 2 *vol. in-8°. baſ.* = Dialogues des Morts, par Lyttelton. *Amſt.* 1767, *in-8°. v. m.*

35. Dictionnaire des Théâtres de Paris. *Paris*, 1756, 7 *vol. in-12, v. m.*

36. Bibliothèque du Théâtre François, par le Duc de la Vallière. *Dreſde*, 1768, 3 *vol. in-8°. v. mar.*

37. La pratique du Théâtre, par d'Aubignac. *Amſterdam*, 1715, 2 *vol. in-8°. v. m. Gr. Pap.*

= Histoires choisies des Auteurs profanes, par Simon. *Paris*, 1778, 3 *vol. in*-12, *v. m.*

38. De l'Art de la Comédie, par Cailhava. *Paris*, 1772, 4 *vol. in*-8°. *v. f.*

Manque le Tome I.

39. Chef-d'œuvres de P. & de T. Corneille. *Paris*, 1771, 4 *vol. in*-12, *v. m.*

40. Théatre de Montfleury père & fils. *Paris*, 1776, 4 *vol. in*-12, *v. m.*

41. Théâtres de Poisson & de Diderot. *Paris*, 1766, 4 *vol. in*-12, *v. m.*

42. Œuvres de Molière. *Londres*, 1784, 8 *vol. in*-18, *v. éc.*

Manquent les Tomes IV & VIII.

43. Théâtre de Hauteroche. *Paris*, 1772, 3 *vol. in*-12, *v. m.*

44. Œuvres de d'Ancourt. *Paris*, 1760, 12 *vol. in*-12, *v. éc.*

45. Théâtre de Baron. *Paris*, 1759, 3 *vol. in*-12, *v. m.* = Théâtre de Société, par Collé. *Paris*, 1777, 3 *vol. in*-12, *v. m.*

46. Œuvres de Dufresny. *Paris*, 1747, 4 *vol. in*-12, *v. m.*

47. Œuvres de Regnard. *Paris*, 1770, 4 *vol. in*-12, *v. m.*

48. Théâtre de Legrand. *Paris*, 1770, 4 *vol. in*-12, *v. m.*

49. Théâtre de Danchet. *Paris*, 1751, 4 *vol. in*-8°. *v. m.*

50. Œuvres de Destouches. *Paris*, 1774, 10 *vol. in*-12, *v. m.*

51. Théâtre de Marivaux. *Paris*, 1758, 5 *vol. in*-12, *v. m.*

52. Théâtre de Boissy. *Paris*, 1766, 9 *vol. in*-8°. *v. m.*

N° 57. Browsby. C.L.

N° 61. La Henriade. C.L.

53. Œuvres de Nivelle de la Chauffée. *Paris*, 1777, 5 *vol. in*-12, *v. m.*

54. Œuvres choisies de Piron. *Genève*, 1777, 2 *vol. in*-18, *mar. r.*

55. Théâtre d'Anseaume. *Paris*, 1766, 3 *vol. in*-8°. *v. m.*

56. Théâtre & Œuvres de Pannard. *Paris*, 1763, 4 *vol. in*-12, *v. f.*

57. Proverbes dramatiques, par Carmontel. *Paris*, 1774, 6 *vol. in*-8°. *v. m.*

58. Œuvres de Vadé. *Paris*, 1758, 4 *vol. in*-8°. *v. m.*

59. Jérusalem délivrée, par le Tasse. *Genève*, 1777, 2 *vol. in*-18, *m. r.*

60. Aminta, di Tasso. *Parigi*, 1781, *in*-12, *v. éc.* = Novelle Galanti. *Londra*, 2 *vol. in*-12, *br.*

61. Aminta, di Torquato Tasso. *Parigi*, 1781, *in*-12, *v. éc.* = Mémoires du Comte de Grammont, par Hamilton. 1749, 2 *vol. in*-12, *v. m.* = La Henriade, par Voltaire. *Londres*, 1789, *in*-18, *v. éc.*

62. Choix de Poésies Allemandes, par Huber. *Paris*, 1766, 4 *vol. in*-8°. *br.*

63. The Works of Ossian the son of Fingal, published by James Macpherson. *London*, 1765, 2 *vol. in*-8°. *br.*

64. La Thériacade & la Diabotanogamie. *Paris*, 1769, 2 *vol. in*-12, *v. m.* = Nouvelle Anthologie Françoise. *Paris*, 1769, 2 *vol. in*-12, *v. m.*

65. Les cent Nouvelles nouvelles, par Madame de Gomez. *Paris*, 1735, 36 *tomes rel. en* 18 *vol. in*-12, *v. m.*

Il manque les Tomes VII & VIII.

66. Contes moraux, par Mademoiselle Uncy. *Paris*, 1763, 4 *vol. in*-12, *v. m.*

67. Bibliothèque de campagne. *Lyon*, 1766, 24 *vol. in*-12, *v. m.*

68. Amours de Catulle & de Tibulle, par de la Chapelle. *Paris*, 1725, 5 *vol. in*-12, *v. b.*

69. Cecilia, ou Mémoires d'une héritière. *Paris*, 1784, 4 *vol. in*-12, *baſ.*

70. Les Contes des Génies. *Amſterdam*, 1782, 3 *vol. in*-12, *fig. baſ.*

71. Le Decameron François, par d'Uſſieux. *Amſt.* 1776, 2 *vol. in*-12, *baſ.* = Nouvelles Eſpagnoles, par le même. *Paris*, 1772, 2 *vol. in*-12, *v. m.*

72. Les Épreuves du Sentiment, par d'Arnaud. *Neufchâtel*, 1773, 4 *vol. in*-8°. *v. éc.*

73. Faramond, roman. *Paris*, 1753, 4 *vol. in*-12, *v. m.*

74. Hiſtoire de Clariſſe Harlove, trad. de l'anglois de Richardſon. *Londres*, 1751, 12 *vol. in*-12, *v. m. fig.*

75. Hiſtoire de Grandiſſon, trad. de Richardſon. *Amſterdam*, 1770, 4 *vol. in*-12, *baſ.*

76. Hiſtoire de Tom Jones, trad. de l'anglois de Fielding. *Londres*, 1783, 5 *vol. in*-18, *baſ. éc.*

77. Hiſtoire du Chevalier du Soleil. *Paris*, 1780, 2 *vol. in*-12, *v. m.* = La dernière Aventure d'un homme de 45 ans. *Paris*, 1783, 2 *vol. in*-12, *baſ.*

78. Hiſtoire ſecrète de Bourgogne, par Mademoiſelle de la Force. *Paris*, 1782, 3 *vol. in*-12, *v. f.* = Les Confidences réciproques. 3 *vol. in*-12, *v. f.*

79. La Nouvelle Héloïſe, par J. J. Rouſſeau. *Amſt.* 1761, 4 *vol. in*-12, *v. m.*

80. Le Paysan parvenu, par Marivaux. *Paris*, 1782, 2 *vol. in*-12, *v. m.* = La Paysanne parvenue, par de Mouhy. *Paris*, 1777, 4 *vol. in*-12, *bas.*

81. La Princesse de Clèves, par Madame de la Fayette. *Londres*, 1782, 2 *vol. in*-18, *v. éc.* = Œuvres choisies de Madame de Graffigny. *Londres*, 1783, 2 *vol. in*-18, *v. éc.*

82. La vie de Marianne, par Marivaux. *Paris*, 1781, 3 *vol. in*-12, *v. m.*

83. Les trois Siécles de la Littérature, par Sabatier de Castres. *Paris*, 1779, 4 *vol. in*-12, *bas.*

84. L'Esprit d'Addisson, ou les Beautés du Spectateur, du Guardian, &c. *Yverdon*, 1777, 3 *vol. in*-8°. *m. bl.*

85. Œuvres de Blaise Pascal. *La Haye*, 1779, 5 *vol. in*-8°. *m. bl.*

86. Œuvres de Saint-Réal. *Paris*, 1757, 8 *vol. in*-12, *v. m.*

87. Œuvres de la Motte. *Paris*, 1754, 11 *vol. in*-12, *v. m.*

88. Œuvres choisies de Le Sage. *Paris*, 1783, 15 *vol. in*-8°. *v. éc. fig.*

89. Œuvres de J. J. Rousseau. *Amsterdam*, 1762, 9 *vol. in*-12, *bas.* = Œuvres Posthumes du même. *Genève*, 1781, 9 *vol. in*-8°. *bas.*

Il manque le Tome Ier. des Œuvres.

90. Œuvres de Voltaire, 1756, 19 *vol. in*-8°. *v. m.*

Manque le Tome Ier.

91. Collection complette des Œuvres de Voltaire. *Genève*, 1768, 30 *vol. in*-4°. *br. fig.*

92. Lettres de quelques Juifs Portugais à M. de Voltaire. *Paris*, 1781, 3 *vol. in*-8°. *v. m.*

93. Œuvres complettes de Saurin. *Paris*, 1783, 2 *vol. in*-8°. *v. m.*

94. Œuvres du Père André. *Paris*, 1766, 4 *vol. in*-12, *v. m.*

95. Œuvres de M. de Belloy. *Paris*, 1779, 6 *vol. in*-8°. *v. éc.*

96. Œuvres complettes de Marmontel. *Paris*, 1787, les Tomes 1, 2, 4, 11 — 17, *en tout* 10 *vol. in*-8°. *v. f. Pap. Fin.*

97. Les Loisirs du Chevalier d'Eon de Beaumont. *Amst.* 1774, 13 *vol. in*-8°. *v. m.*

98. Œuvres de Palissot. *Paris*, 1779, 7 *vol. in*-12, *v. m.*

99. Œuvres du Comte François Algarotti. *Berlin*, 1772, 7 *vol. in*-12, *bas.*

100. Œuvres du philosophe de Sans-souci. 1760, 5 *vol. in*-12, *v. m.*

101. Les Œuvres de Mylord Comte de Shaftesbury. *Genève*, 1769, 3 *vol. in*-8°. *bas.*

102. Lettres de Madame de Sevigné. *Paris*, 1774, 8 *vol. in*-12, *v. m.*
Manque le tome II.

103. Lettres historiques & galantes de Madame Dunoyer. *Londres*, 1741, 6 *vol. in*-12, *v. f.*

HISTOIRE.

104. Cosmographie élémentaire, par Mentelle. *Paris*, 1785, *in*-8°. *br. fig.*

105. Recueil de Cartes géographiques, par Delisle, Jaillot, Robert de Vaugondy, &c. au nombre de 66. *in-folio*, *v. m.*

106. The West indian Pilot, by Jefferys. *London*, 1778, *in-fol. rel. en cart.*

107. The North american Pilot, by Jefferys. *London*, 1777, 2 *vol. in-fol. rel. en cart.*

N° 105. recueil de lat f. C. L.

Nº 110. abrégé des voyages. C. L.

Nº 113. atlas. C. L.

Nº 119. voy. de Shaw. C. L.

Nº 121. introduction. C. L.

108. Histoire générale des Voyages, par l'Abbé Prevost. *Paris*, 1746, 76 *vol. in*-12, *v. m. fig.*

109. Histoire générale des Voyages, par l'Abbé Prevost. *Paris*, 1747, 19 *vol. in*-4°. *v. f. fig.*

Manquent les tomes I & II.

110. Abrégé de l'Histoire des Voyages, par Laharpe. *Paris*, 1780, 21 *vol. in*-8°. *bas. fig. & Atlas in*-4°.

111. Voyage autour du Monde, en 1766, par Bougainville. *Paris*, 1772, 2 *vol. in*-8°. *v. m.*

112. Voyage dans l'hémisphère austral & autour du Monde, par le C. Cook, en 1772 — 1775. *Paris*, 1778, 5 *vol. in*-4°. *v. m. fig.*

113. Atlas pour le premier Voyage de Cook. *In*-4°. *rel. en cart.*

114. Journal du Voyage de Courtanvaux, rédigé par Pingré. *Paris*, *Imp. Roy.* 1768, *in*-4°. *bas. fig.*

115. Voyage aux Indes & à la Chine, par Sonnerat. *Paris*, 1782, 3 *vol. in*-8°. *fig. v. m.*

116. Voyage en Portugal & en Espagne, par Twiss. *Berne*, 1776, *in*-8°. *fig. v. f.*

117. Voyage au Levant, par Corneille le Brun. *Paris*, 1714, *in-fol. v. f. fig. Gr. Papier.*

118. Relation d'un Voyage du Levant, par Tournefort. *Paris*, *Imp. Roy.* 1717, *in*-4°. *v. m. fig. le tome* 2.

119. Voyage de Shaw en Barbarie & au Levant. *La Haye*, 1743, 2 *vol. in*-4°. *v. m. fig.*

120. Tablettes chronologiques de l'Histoire universelle, par Lenglet Dufresnoy. *Paris*, 1763, 2 *vol. in*-8°. *v. m.*

121. Introduction à l'Histoire générale de l'Univers, par Puffendorff, édit. donnée par de Grace. *Paris*, 1753, 8 *vol. in*-4°. *v. m. Pap. d'Hollande.*

122. Histoire universelle, trad. de l'anglois, d'une

Société de Gens de Lettres. *Amsterdam*, 1747, 43 *vol. in*-4°. *v. m.*

123. La même Histoire universelle. *In*-4°. *vélin.*

Les tomes I à XIV contenant l'Histoire ancienne.

124. Théâtre du Monde, par Richer. *Paris*, 1775, 2 *vol. in*-8°. *fig. bas.*

125. L'esprit des usages & des coutumes des différens Peuples, par Demeunier. *Paris*, 1776, 3 *vol. in*-8°. *v. m.*

126. L'Esprit des Croisades. *Paris*, 1780, 4 *vol. in*-12, *v. m.*

127. Histoire du Traité de Westphalie, par Bougeant. *Paris*, 1744, 6 *vol. in*-12, *v. m.*

128. Histoire de l'ancien & du nouveau Testament, par Calmet. *Nismes*, 1780, 3 *vol. in*-8°. *v. b.*

129. Histoire Ecclésiastique, par Fleury. *Nismes*, 1779, 25 *vol. in*-8°. *v. m.*

130. Commentaires de César, en lat. & en franç. trad. par Turpin. *Montargis*, 1785, *in*-4°. *br. fig. les tomes* 2 & 3.

131. Les douze Césars, traduits du latin de Suétone, par Laharpe. *Paris*, 1770, 2 *vol. in*-8°. *v. m.*

132. Histoire Romaine, par Rollin. *Paris*, 1769, 16 *vol. in*-12, *bas.*

Manquent les tomes I & II.

133. Histoire des Celtes, par Pelloutier. *Paris*, 1770, 9 *vol. in*-12, *v. m.*

134. Dictionnaire universel de la France. *Paris*, 1726, 3 *vol. in-fol. v. b.*

135. Dictionnaire universel de la France, par Robert de Hesseln. *Paris*, 1771, 6 *vol. in*-8°. *v. m.*

N° 131. Les douze Cesars. C. L.

N° 135. Dict. de la France. C. L.

N° 145. 1 vol. d'Espagne. C. L

N° 146. 1 vol. d'angleterre. C. L.

136. Deſcription de la France, par Piganiol de la Force. *Paris*, 1722, 8 *vol. in*-12, *v. f.*

137. Hiſtoire de France, par Velly. *Paris*, 1769, 26 *vol. in*-12, *v. m.*

138. Mémoires de Comines. *Bruxelles*, 1714, 4 *vol. in*-8°. *v. b.*

139. Mémoires de Vieilleville. *Paris*, 1757, 5 *vol. in*-8°. *baſ.* = Mémoires de Condé. *Londres*, 1740, 6 *vol. in*-12, *v. br.*

140. Mémoires politiques & militaires d'Adrien-Maurice Duc de Noailles. *Paris*, 1777, 6 *vol. in*-12, *baſ.*

141. L'Honneur François, ou Hiſtoire des vertus & des exploits de notre Nation, par de Sacy. *Paris*, 1771, 10 *vol. in*-12, *v. m.*

142. Hiſtoire du Prince Eugène de Savoie. *Amſt.* 1750, 5 *vol. in*-12, *v. m.* = Hiſtoire du Maréchal de Saxe, par d'Eſpagnac. *Paris*, 1773, 2 *vol. in*-12, *v. m.*

143. Vie de Frédéric II, Roi de Pruſſe. *Strasbourg*, 1788, 4 *vol. in*-8°. *br.*

144. Hiſtoire naturelle & civile de la Hollande, par le Francq de Berkhey. *Bouillon*, 1782, 4 *vol. in*-12, *v. m. fig.*

145. Hiſtoire des Révolutions d'Eſpagne. *Paris*, 1724, 5 *vol. in*-12, *v. m.*

146. Hiſtoire des Révolutions d'Angleterre, par d'Orleans. *Paris*, 1767, 4 *vol. in*-12, *v. m.*

147. Hiſtoire de Madame Henriette d'Angleterre, & Mémoires de la Cour de France, par Madame de la Fayette. *Maeſtricht*, 1779, 2 *vol. in*-12, *baſ.* = Letters of Milady Montague. *Paris*, 1784, *in*-12, *v. m.*

148. Hiſtoire Navale d'Angleterre, par Lediard. *Lyon*, 1751, 3 *vol. in*-4°. *v. m.*

149. Hiſtoire d'Écoſſe, trad. de l'anglois de Robertſon. *Londres*, 1764, 3 *vol. in*-12, *v. m.*

150. Hiſtoire de Guſtave Adolphe, Roi de Suède, par Arkenholtz. *Amſterdam*, 1764, *in*-4°., *v. m. fig.*

151. Hiſtoire de Charles XII, Roi de Suède, par Limiers. *Amſterdam*, 1721, 6 *vol. in*-12, *baſ.*

152. Hiſtoire de la Ruſſie, par Leclerc. *Paris*, 1783, les trois vol. de la Ruſſie ancienne, & le tome premier de la moderne. *in*-4°. *baſ.*

153. Hiſtoire de Pologne, par Solignac. *Paris*, 1750, 5 *vol. in*-12, *v. m.*

154. Introduction à l'Hiſtoire de l'Aſie, de l'Afrique & de l'Amérique, par Bruzen la Martiniere. *Amſt.* 1738, 2 *vol. in*-12, *baſ.* = Hiſtoire de la conquête du Mexique, par Solis. *Paris*, 1774, 2 *vol. in*-12, *v. m.*

155. Bibliothèque orientale, par d'Herbelot. *Paris*, 1781, 6 *vol. in*-8°. *v. m.*

156. Tableau général de l'Empire Ottoman, par Mouradja. *Paris*, 1787, *vol. in-fol. br. en cart. fig.*

157. Hiſtoire de Tamerlan, Empereur des Mogols, &c. *Paris*, 1739, 2 *vol. in*-12, *v. m.*

158. Hiſtoire de la Louiſiane, par le Page du Pratz. *Paris*, 1758, 3 *vol. in*-12, *fig. v. m.*

159. Armorial général de la France, par d'Hozier. *Paris*, 1738, 9 *vol. in-fol. v. m. Gr. Pap.*

160. Hiſtoire généalogique de la Maiſon de France, par le P. Anſelme. *Paris*, 1726, 9 *vol. in-fol. v. m. G. Pap.*

161. Chef-d'œuvres de l'antiquité ſur les Beaux-Arts. *Paris*, 1784, *in-fol. br. fig. les cahiers* 2 & 4.

162. L'Europe illustre, par Dreux du Radier. *Paris*, 1755, *in-4°. les tomes* 3 *à* 6. *v. m. fig.*

163. Œuvres de Brantome. *Londres*, 1779, 15 *vol. in-*12, *v. m.*

164. Œuvres de Brantome. *Paris*, 1787, 8 *vol. in-*8°. *v. m.*

Manque le tome 3.

165. Les Vies des hommes illustres de la France, par d'Auvigny. *Paris*, 1739, 24 *vol. in-*12, *v. m.*

166. Dictionnaire historique de Moréry. *Paris*, 1759, 10 *vol. in-fol. v. m.*

167. Nouveau Dictionnaire historique, par une Société de Gens de Lettres. *Caen*, 1786, 8 *vol. in-*8°. *v. m.*

FIN.

Au commencement de chaque Vacation on vendra des Livres qui ne sont pas sur le Catalogue.

Les Livres seront exposés dans l'ordre qui suit :

Le 1er. *Prairial.*

Les Numéros . . . . 1 — 91.

Le 2.

Les Numéros . . . . 92 — 167.

De l'Imprimerie de STOUPE, rue de la Harpe, an VII.

www.ingramcontent.com/pod-product-compliance
Lightning Source LLC
LaVergne TN
LVHW010012230826
846092LV00002B/768
* 9 7 8 2 3 2 9 6 4 7 4 8 7 *